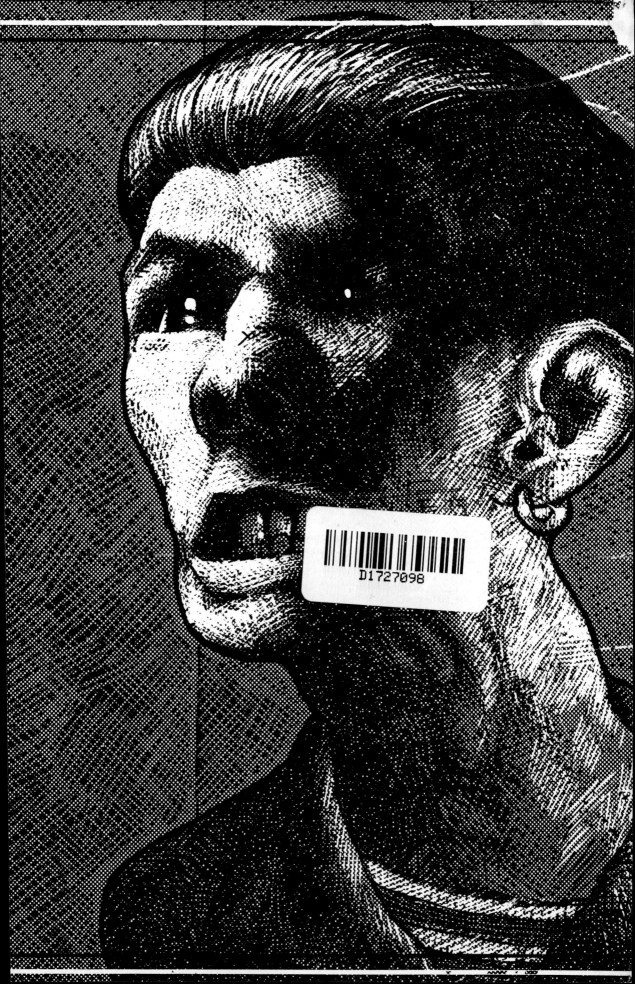

D1727098

A MON PERE

Remerciements à Gilles Adrien, Eric Caro, Pascal Doury, Bruno Richard, Jean Rouzaud (pour Vanina) et au groupe Parazite. *Copyright* **Le Dernier Terrain Vague reproduction interdite.** *ISBN* **2-86219-019-5.**

KILL AND LET DIE

POGROM-BAY - SA MER DE PLOMB, SON CIEL DE ZINC...

"ILS" NE DEVRAIENT POURTANT PAS TARDER!

AH!

BON! REJOIGNONS LE TROUPEAU...

DIS DONC HANZ... CETTE PÉTASSE M'A FILER UNE MANDALE...! QU'EST CE QUE J'EN FAIS ?...

ÇA VA HORST, LA CONSIGNE EST QU'ON EMBARQUE TOUT CE BEAU MONDE!

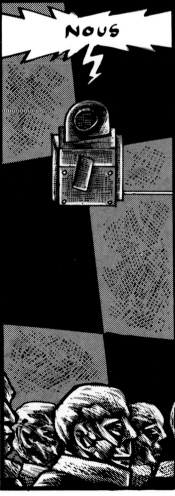

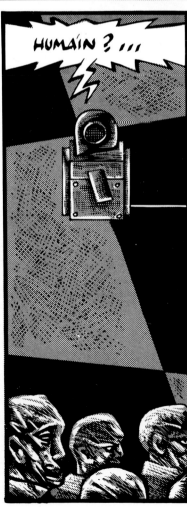

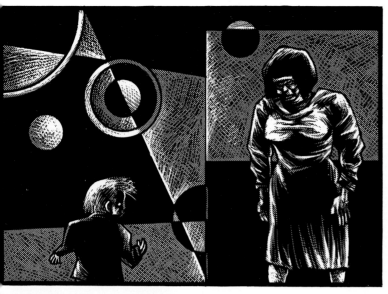

MOI...VOULOIR MONTER LÀ... HEU... TOI AIDER MOI ?

???

POUVEZ VOUS M'AIDER À ATTEINDRE CE CONDUIT D'AÉRATION ?

JE PEUX, SI VOUS M'AIDER A M'ENFUIR ENSUITE !

TIENS, LIS CE LIVRE ET LE CIEL T'AIDERAS

VOYEZ VOUS HUNOZ, LA PEUR DE LA MORT VIENT DE LA CRAINTE DE LA SOUFFRANCE ET BIEN ENTENDU CELLE-CI DÉCOULE UNIQUEMENT DES SENSATIONS...

EN SUPPRIMANT LES SENS NOUS SUPPRIMONS PUREMENT ET SIMPLEMENT LA MORT...

LES AMPUTATIONS ONT VITE RÉSOLU LES PROBLEMES QUE POSAIENT LA VISION, L'OUÏE, L'ODORAT ET LE GOÛT, BON OU MAUVAIS D'AILLEURS, HU...

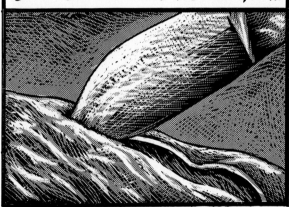

MAIS JE PENSES AVOIR REGLER LA PRINCIPALE DIFFICULTÉ, C'EST À DIRE CELLE DE LA PEAU. GRACE A MON DEFOLIANT DERMIQUE DES TERMINAISONS NERVEUSES LES SENSATIONS TACTILES NE SONT PLUS.

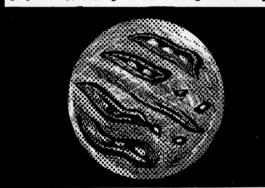

IL EST DONC TEMPS DE PENSER AU FUTUR, DÈS DEMAIN UNE RACE D'ETRES INSENSIBLE A LA DOULEUR, INSENSIBLE A LA MORT SORTIRA DE NOS USINES...

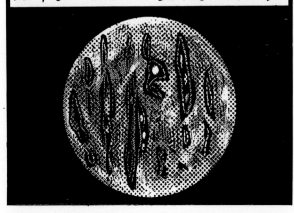

J'AI PROCÉDÉ COMME VOUS SAVEZ À TOUTE LA STRATÉGIE CORPORELLE SUR MOI MÊME ET JE PEUX DÈS À PRESENT VOUS ASSURER QUE JE SUIS IMMORTEL!

BOUZILLAGE

AVIS : CECI EST UNE HISTOIRE DRÔLE . NOUS VOUS RECOMMENDONS DE NE PAS LA LIRE PLUS DE DEUX FOIS PAR JOURS.

ATTENTION LES CASES NUMÉROTÉES SONT RÉSERVÉES PAR PRIORITÉ :
AUX INVALIDES DE GUERRE
AUX INFIRMES CIVILS
ET AUX EMPLOYÉS DU GAZ.
MERCI

VOILA UNE PATROUILLE DE BOUZILLEURS CHARGÉE PAR L'INSTITUT DE SALUBRITÉ GÉNÉTIQUE DE NETTOYER NOTRE HYGIÉNIQUE CITÉ !!!

DISJONCTEUR MODELE M A BLITZEUR BI-POLAIRE (IL EXISTE AUSSI LE MODELE F A TUBULATEUR CLITO-CATHODIQUE). COMME CHACUN SAIT LE DISJONCTEUR EST UN MOYEN D'EXTERMINATION D'UNE TRES GRANDE MANIABILITÉ, FIABLE ET SURTOUT INFINIMENT PROPRE.

FIG 14 - BLITZEUR BI-POLAIRE-

FIG.13-DISJONCTEUR MODÈLE M-

FICHE TECHNIQUE : LES ORGANES GENITAUX DE TYPE M ET PLUS PARTICUL-IÈREMENT LES PARTIES APPELÉES TESTICULES SONT ANIMÉS PAR UN "SPIN"; MOUVEMENT GIRATOIRE DES ÉLECTRONS PRODUISANT LE CHAMPS MAGNÉTIQUE CE QUI A PERMIS DE

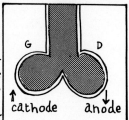

DÉTERMINER LES PÔLES POSITIF ET NÉGATIFS DES TESTICULES. EN ROMPANT LE CHAMPS MAGNÉTIQUE ET DE CE FAIT, L'ÉQUILIBRE MOLÉCULAIRE PAR L'INTERMÉDIAIRE DU BLITZEUR LE DISJONCTEUR PRODUIT UNE DÉSINTÉGRATION NETTE ET TOTALE DU SUJET. LE PROCESSUS EST DONC DANS PLUS

PAR ÉQUIPE DE DEUX, SUR UN PÉRIMÈTRE DONNÉ, ILS ASSÉNISSENT, SUIVONS A PRÉSENT
A ET B QUI QUADRILLENT LA ZONE DES RÉSERVOIRS (IL PARAIT QUE ÇA
PULLULE DANS CE COIN LÀ ; PHOCOS, MONGOLOÏDS, GRABS, PSEUDOBULBS,
RAPTUS IMPULSIFS, ETC ...

B SE CHARGE DU SECTEUR 8, LA PROIE APPROCHE, L'ACTION SE PRÉCIPITE ...
B BRANCHE LES BLITZEURS, MAIS UNE FOIS N'EST PAS COUTUME, LE VOILÀ
TRAHI PAR LA MÉCANIQUE, UN CIRCUIT EN COURS LE COURCIRCUITE ...

C'EST EN REVENANT BREDOUILLE DU SECTEUR 12 QU'A SURPRIT LA "CHOSE"...

IL N'EUT POUR SA PART AUCUNE DÉFAILLANCE TECHNIQUE A SIGNALER !!!

BUNKER IMPAIR ET PASSE

DES BOMBES QUI TOMBENT ET BOUM L'HECATOMBE, C'EST SANS DOUTE NOTRE CONDITION DE KLODOS QUI NOUS A SAUVES, NOUS PASSIONS, ZEPHYR ET MOI, TOUTES NOS NUITS DANS LES CATACOMBES ,,,

ET PUIS IL Y A L'HERMAPHRODITE CE TYPE QUI NOUS AVAIT REJOINTS POUR UNE PARTY ET QUI ETAIT ENTRE NOS MAINS AU MOMENT OU ÇA S'EST PASSE ,,,

D'AILLEURS, EN DEPIT DE L'EPREUVE EPUISANTE QUE CELA REPRESENTE, NOUS NOUS ACHARNONS A LE POSSEDER CHAQUE SOIR, A TOUR DE ROLE : L'INSTINCT DE CONSERVATION JE SUPPOSE ,,,

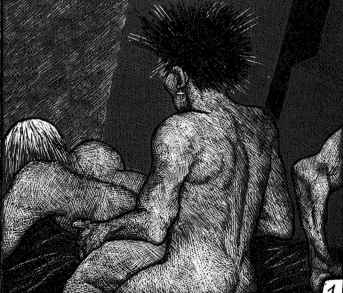

LE TEMPS TREPASSE ET NOTRE PAIN QUOTIDIEN DEVIENT DE PLUS EN PLUS DUR A GAGNER, DES CONSERVES QU' ON AVAIENT EN RESERVE IL NE RESTE PLUS QUE LES DEPOUILLES METALLIQUES ...

LA CHASSE AUX RATS A FAIT SON TEMPS, D'AILLEURS J'AI DEVORE LE DERNIER, TOUT SEUL, DANS LA NUIT. APRES AVOIR DEPOSE LES MAIGRES RESTES SOUS SA PAILLASSE, J'AI ACCUSE L'HERMAPHRODITE

IL A FAIT UNE DROLE DE TETE QUAND ZEPHYR, FOU DE RAGE, LUI A FOUTU UNE MANIVELLE A TRAVERS LA GUEULE.

16

IL ETAIT PAS BIEN GROS, UNE SEMAINE A EU RAISON DE LUI, LES DERNIERS JOURS LA VIANDE ETAIT QUELQUE PEU FAISANDEE. APRES ON A BIEN ETE OBLIGE DE TIRER AU SORT,,,

POUR QUE LA BARBAK RESTE FRAICHE LE PLUS LONGTEMPS POSSIBLE, JE DEPEÇAIS LA CHAIR APRES AVOIR FAIT DES INJECTIONS DE MORPHE A HAUTES DOSES ,,,

EN VOULANT M'ATTAQUER A L'AUTRE JAMBE, JE M'APERÇUS QUE CE SALAUD DE ZEPHYR SE L'ETAIT BOUFFEE EN DOUCE, PETIT A PETIT, PENDANT QUE JE DORMAIS,,,

JOURS !!!! JOURS !!!! ET JE JEUNE TOUJOURS !!!!

MAIS LA FRINGALE ME POGNE LES TRIPES : LES PIEDS!!! ET LES JAMBES !!! LA MAIN !!! ET LE BRAS (GAUCHE OF COURSE) !!! DES PETITS STEACKS DARE DARE PAR-CI, PAR-LA !!! ET DES DOULEURS D'ESTOMAC !!! INSUPPORTABLES !!! INSUPPORTABLES !!! INSU

LA VIANDE NE SERAIT-ELLE PAS FRAICHE ?

4

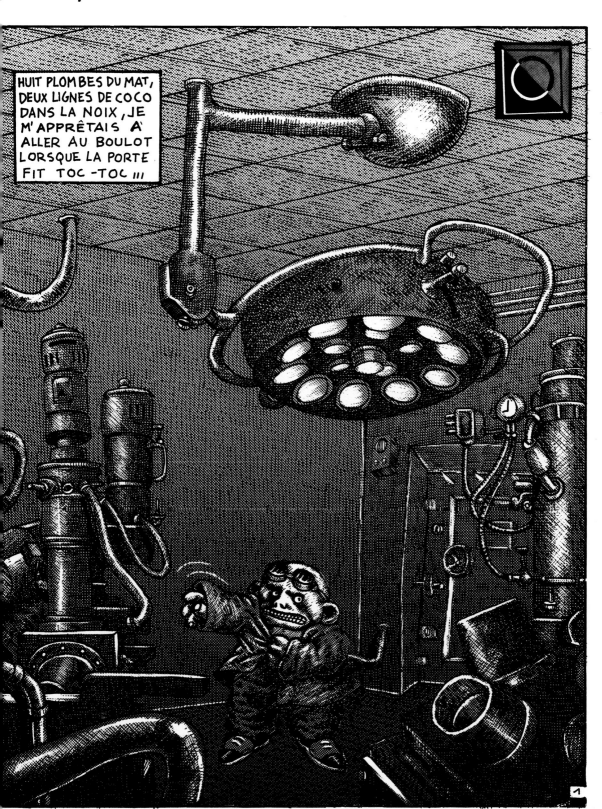

LES DEUX MEKS DE LA POLITZ QUI SE TENAIENT SUR LE PALIER ME DEMANDÈRENT MON TICKET ///

LE HIC, C'ÉTAIT QUE J'AVAIS PAS DE TICKET J'EN AVAIS MÊME JAMAIS ENTENDU PARLER, DE CE PUTAIN DE TICKET ///
AVANT DE DISPARAÎTRE, LES DEUX FLIKS ME FIRENT SAVOIR QUE SA NON-PRÉSENTATION LE LENDEMAIN MATIN SIGNIFIERAIT MON ÉVACUATION DÉFINITIVE ///

2

ARRIVE À LA FABRIK, J'ALLAI VOIR LE SOUS-CHEF POUR LUI EXPLIQUER MON CAS. CET ENFOIRÉ NE TROUVA RIEN DE MIEUX QUE DE ME FOUTRE À LA PORTE ,,,

UN PAPIER ADMINISTRATIF, ÇA S'OBTIENT DANS UNE ADMINISTRATION. JE FONÇAI DONC AU BUREAU ZENTRAL

APRÈS D'INTERMINABLES FILES D'ATTENTE, UNE HALEINE FÉTIDE M'ANNONÇA QU'ON NE DÉLIVRAIT PLUS DE TICKET DEPUIS BIEN LONGTEMPS ///

LE MORAL EN DESSOUS DE ZERO, JE DÉCIDAI DE RETROUVER MON SEUL AMI AU RESTAK MENU : STEACK DE RAT, ERZATZ DE PURÉE. SUBLIMEMENT INFECT ///

ENTRANT DANS LE VIF DU SUJET, JE LUI DEMANDAI DE ME PRÊTER SON TICKET. IL REFUSA NET. MA FOURCHETTE SE PLANTA ENTRE SES DEUX YEUX. JE M'ENFUIS EN M'EMPARANT DE SON PRÉCIEUX BIEN

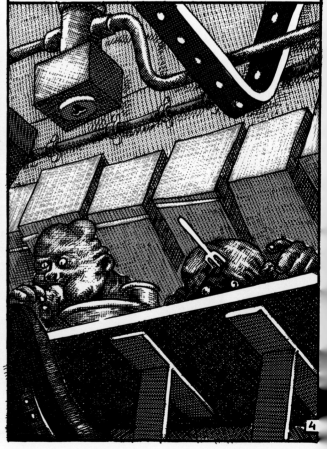

JUSQU'AU PETIT MATIN ///

LORSQUE, À HUIT PLOMBES DU MAT, LA PORTE REFIT TOC-TOC, JE ME PRÉCIPITAI, SOULAGÉ, LE TICKET À LA MAIN ///

23

ROCK & ROLL SUICIDE

CE SOIR ON JOUE A GUICHETS FERMES, PLUS UNE PLACE EN VILLE. CE SOIR ZYKLON B ZOMBIE JUNIOR EST AUX ABATTOIRS ET JE ME TROUVE AUX PREMIERES LOGES

DEJA LES KILLER KIDS ONT SACCAGE PLUSIEURS ANDROIDES CHARGES DU MARCHE NOIR. ET ON NE COMPTE PLUS LES CRISES D'AMOK DES JUNKIES INDUSTRIELS !!!

JE ME TROUVAIS AUSSI AUX PREMIERES LOGES LORSQU'IL DEBUTA DANS LES BOITES SADO-MACHO DE LA ZONE TROUBLE. A CETTE EPOQUE, IL SE LACERAIT JUSTE TRES FORT !!!

PUIS J'ASSISTAIS A SA PREMIERE AMPUTATION, ACCOMPAGNE QU'IL ETAIT DE CE COMBO DE MONGOLIENS SYNTHETIQUES - VOUS SOUVENEZ-VOUS DE LEUR REPRISE FINALE: "CHAUD LES MOIGNONS!" - RYTHMIQUE MARTEAUX-PIQUEURS !!!

ENSUITE CE FUT – SI MA MÉMOIRE EST BONNE – L'ASCENSION VERS LA GLOIRE ET L'AUTO-DESTRUCTION. ET L'ENREGISTREMENT DE SON UNIQUE LP : "ATTENTION AUX ROULEAUX-COMPRESSEURS", CHEF D'OEUVRE DU "RACCOUR SOUND".

QUI N'A PAS À L'ESPRIT LE KONCERT KAMIKAZE DE TOKYO OU LORS DU RAPPEL IL SACRIFIA SES GÉNITAUX AU PLUS GRAND PLAISIR DES GROUPIES NIPPONNES...

LA DERNIERE FOIS QU'IL APPARUT EN PUBLIC AU BUCHENWALD PALACE, IL Y A DEUX ANS DEJA, IL ASSURA TOUT LE SET SOUS PERFUSION ET LUMIERES NOIRES...

VOILA, CE SOIR, ZYKLON B ZOMBIE JUNIOR DE RETOUR POUR SON ULTIME CONCERT. ET CETTE FOIS PAS DE COME BACK POSSIBLE...

VANINA

BERLIN OUEST, JE SUIS AGENT SPECIAL DE CLASSE LAMBDA !!!

J'AI DEJA ACCOMPLI TROIS MISSIONS DU PLAN "HOLOGRAMME"

C'EST AU COURS DE LA TROISIEME QUE JE L'AI RENCONTRÉ !!!

DANS LE JARGON DES AGENTS RUSSES ON DIRAIT QU'ELLE EST UNE : " PAPIROZA AMERIKANA" (CIGARETTE AMERICAINE) CE QUI EST TRES FLATTEUR

POUR MOI ELLE EST SIMPLEMENT TOUTE MA VIE.

29

C'EST POURQUOI CETTE NUIT POUR LA RETROUVER JE VAIS FRANCHIR LE MUR EN SENS INVERSE...

CAR ELLE M'ATTEND...

ELLE M'A DIT COMBIEN ELLE SOUHAITAIT ME REVOIR.

JE SUIS AGENT SPECIAL...

LETTRE A LA BIEN AIMEE

MA CHERE LOUISA, BILL ET MOI SOMMES LES DEUX SEULS SURVIVANTS DE LA PATROUILLE !!!

MAIS NE SOYEZ PAS TROP TRISTE NOUS POURSUIVONS NOTRE DEVOIR ENVERS ET CONTRE TOUT !!!

MA CHERE LOUISA, COMME JE VOUS L'ECRIVAIS DANS MA DERNIERE LETTRE, BILL PENSE QUE JE DEVIENS FOU !!! ALORS QUE JE ME DEFOULE JUSTE UN PEU SUR LES CADAVRES !!!

MAIS IL SE TROMPE, TOUTE LA SEMAINE DURANT, NOUS AVONS ABATTU DU BON BOULOT !!!

TRES CHERE LOUISA, CETTE FOIS MES SOUPÇONS SE CONFIRMENT. BILL EST BIEN COMPLÈTEMENT CINGLÉ ...

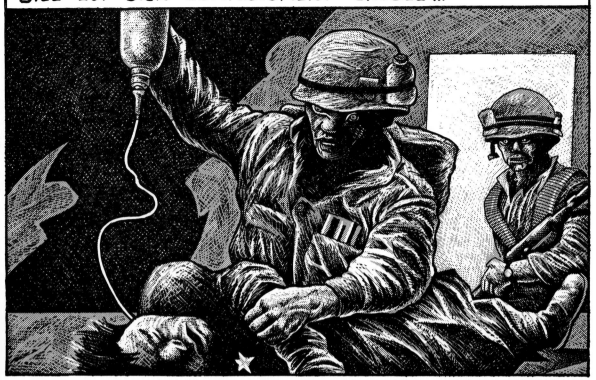

D'AILLEURS IL S'EST OPPOSÉ A CE QU'ON EXTERMINE CETTE IMMONDE VERMINE ...

CHER LOUISA, J'AI LE REGRET DE VOUS INFORMER QUE JE ME SUIS VU DANS LA TRISTE OBLIGATION D'ACHEVER CE TRAITRE...

MA DOUCE LOUISA, VOUS POUVEZ ETRE FIERE DE VOTRE JOE, JE RENTRERAI BIENTOT CHEZ NOUS, MAIS EN ATTENDANT JE POURSUIS MON DEVOIR ENVERS ET CONTRE TOUT !!!

PAS DE LINCEUL POUR BILLY BRAKKO

QUEL CHOC POUR MOI D'APPRENDRE LA MORT DU CELEBRE BILLY BRAKKO PAR LE JOURNAL...

VU QUE LE CELEBRE BILLY BRAKKO C'EST MOI

JE VOULAIS EN AVOIR LE CŒUR NET AUSSI JE TELEPHONAIS AU JOURNAL... JE N'APPRIS RIEN DE PLUS SI CE N'EST QUE J'AVAIS ETE TUE 3 JOURS PLUS TOT PAR UN ANDROIDE EN ETAT DE MANQUE DANS LA 82 EME AVENUE.

JE VENAIS D'INGURGITER UN WIZKY-ZODA POUR ME REMONTER QUAND LA RADIO MURALE ANNONÇA QUE MON CORPS ALLAIT ETRE INCINERE LE LENDEMAIN MATIN AU MORATORIUM CENTRAL.

AUTANT VOUS DIRE QUE J'ALLAIS PASSER UNE NUIT DES PLUS BLANCHE....

J'ARRIVAIS DES L'OUVERTURE AU MORATORIUM CENTRAL ET AUSSITOT JE DEMANDAIS A VOIR LE NECROTECHNICIEN QUI DEVAIS S'OCCUPER DE MA PRESUMEE INCINERATION...

POURTANT J'ARRIVAIS TROP TARD... IL NE RESTAIT PLUS DE MOI QUE CE SINISTRE TAS DE CENDRES

IL ME PROPOSA DE ME FOURNIR TOUS LES RENSEIGNEMENTS QUE JE VOULAIS SUR BILLY BRAKKO SI J'ALLAIS LE RETROUVER CHEZ LUI DANS LA SOIRÉE... JE PRIS LA CARTE DE VISITE QU'IL ME TENDAIT...

J'ETAIS SUR LE POINT DE PARTIR LORSQU'UN INCONNU M'ABORDA

VERS 8 HEURES JE ME MIS
DONC A LA RECHERCHE D'UN
TAX POUR ME RENDRE
A L'ADRESSE INDIQUÉE...

LE CHAUFFEUR ME FIXAIT ÉTRANGEMENT
TOUT A COUP IL ME DIT: JE VOUS
AI DÉJA VU QUELQUE PART... S'RAIT
PAS A LA TÉLÉ... OUI C'EST ÇA!

JE LUI RÉPONDIS QUE C'ÉTAIT PROBABLE
VU QUE J'ÉTAIS LE CÉLÈBRE BILLY
BRAKKO CE A QUOI IL RETORQUA
QU'ON NE PLAISANTAIT PAS AVEC LES
MORTS PUIS NOTRE SEMBLANT DE
CONVERSATION CESSA DE TOUTE
FAÇON J'ÉTAIS ARRIVÉ...

VOILA POUR UNE FOIS J'ÉTAIS A L'HEURE
MON CONTACT AUSSI D'AILLEURS LA
SEULE CHOSE GÉNANTE ÉTAIT LES
3 BALLES ZUM-ZUM LOGÉES DANS SA TÊTE.

UNE SEULE PENSÉE ME VINT
A L'ESPRIT: QUITTER CE CONAPT

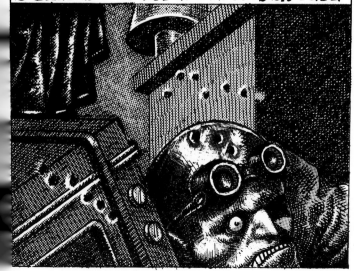

ALORS QUE JE SORTAIS PRÉCIPITAMMENT J'APERÇUS DEUX KILLERS SUR LE TROTTOIR D'EN FACE...

MON INSTINCT M'ORDONNA DE FUIR

LE TAKTAK DES SEMELLES SUR LE GRAS DU BITUME S'ESTOMPA...

PUIS PLUS RIEN QUE LE BRUISSEMENT DE MON IMPER RYTHMANT MA FUITE EFFRÉNÉE...

ENFIN RASSURÉ, DANS CETTE BIENVEILLANTE OBSCURITÉ JE DÉCIDAIS DE RENTRER CHEZ MOI...

38

SOUDAIN UNE LIMOUSINE STOPPA PRET DE MOI, UNE VOIX EN SURGIT ME CRIANT: MONTEZ VITE, ILS ARRIVENT

JE ME PRECIPITAIS SANS REFLECHIR DANS LA VOITURE MAIS UNE FOIS A L'INTERIEUR JE M'APERÇUS QUE LES OCCUPANTS ETAIENT MES DEUX KILLERS....

LE SOUS SOL OU ILS ME TRAINÈRENT ETAIT SORDIDE ET EXIGU

MON EXECUTION FUT DES PLUS SOMMAIRE L'IMPACT DES BALLES DANS MA CHAIR PUIS UN IMMENSE GOUFFRE NOIR....

HUMOUR MOI REMAKE

ÇA VA TRÈS MAL ... MERCI! PLUS DE CAMISOLE QUI M'ISOLE DE FORLE ...

PLUS DE DÉLICIEUX SANDWICHS BARBELÉS, PLUS DE SUCCULENTE SOUPE AU CLOUS.

POURQUOI LE MAITRE NE VIENT-IL PLUS ME PLANTER SA FOURCHETTE DANS LES GENCIVES ... POURQUOI ?

TANT QU'IL ETAIT LÀ, J'ARRIVAIS À SUPPORTER MA CONDITION DE TAUPE QUI PENSE !!!

MAIS A PRESENT,,, RIEN EN CE LIEU CLOS ET FROID , RIEN QUI COUPE OU TRANCHE

RIEN,,, RIEN SAUF MES DENTS .

HANS UND GRETEL : « TUEURS NEGATIFS »

COMME CHACUN SAIT, LES TUEURS NÉGATIFS TUENT DANS LE SENS INVERSE DE L'AIGUILLE D'UNE MONTRE ET BOIVENT DE LA BIÈRE COLD.///

TUANT PERPENDICULAIREMENT CONFORMÉMENT AU THÉORÈME ZORINIEN, ILS TUENT DONC POUR L'ART - CQFD - À PRÉSENT ///

NAPALM BEACH BY NIGHT ,,,

COMME TOUS LES LUNDIS DE PENTECÔTE, HANS UND GRETEL CHERCHENT QUELQUE CHOSE À TUER ,,,

KALACHNIKOVA

CHER JOURNAL ... CECI EST LE DERNIER COMMUNIQUÉ DE LA FRACTION EXTRÊME CENTRE ; DEUX CAUSES A LA DISSOLUTION DE NOTRE GROUPE - DERNIÈREMENT OTTO A SUCCOMBÉ AUX SEQUELLES POST-OPÉRATOIRES DE LA THÉRAPEUTIQUE POLICIÈRE !!!

ET AUJOURD'HUI CETTE PÉTASSE DE GERDA VIENT DE S'ENVOYER EN L'AIR, JE LUI AVAIS POURTANT BIEN DIT ... MAIS NON SON MAUSER NE LUI SUFFISAIT PLUS !!! IL A FALLUT QU'ELLE S'AMUSE AVEC MA KALACHNIKOV ... UNE GICLÉE DANS L'ENTRE JAMBE !!! CHER JOURNAL DOIS-JE CONTINUÉ LA LUTTE TOUT SEUL ? ... BIEN A VOUS ... VEUILLEZ AGRÉER, ETC ...

Berger-Levrault, Nancy.

Dépôt légal : 4e trimestre 1981